5 JUIN 1877

V

CATALOGUE

D'UNE COLLECTION DE

Statuettes Antiques

PROVENANT DES

Fouilles de TANAGRA, en Béotie

ANTIQUITÉS GRECQUES, ETC.

TERRES CUITES MODERNES

Collection de MÉDAILLES ROMAINES

Consulaires, Impériales et Byzantines

Livres rares avec figures

DONT LA VENTE AUX ENCHÈRES PUBLIQUES AURA LIEU

HOTEL DES COMMISSAIRES-PRISEURS

RUE DROUOT, N° 9, SALLE N° 4

Au premier étage

Le Mardi 5 *Juin* 1877

A deux heures très précises

EXPOSITION PUBLIQUE DE MIDI A DEUX HEURES

Me MAURICE DELESTRE, Commissaire-Priseur,

27, rue Drouot

Assisté de MM. ROLLIN et FEUARDENT, Experts, rue Louvois, 4

PARIS — 1877

Collections

DE

M. TOULMOUCHE

ARTISTE-PEINTRE

Et de M. R***

CATALOGUE

D'UNE COLLECTION DE

Statuettes Antiques

PROVENANT DES

Fouilles de TANAGRA, en Béotie

ANTIQUITÉS GRECQUES, ETC.

TERRES CUITES MODERNES

Collection de MÉDAILLES ROMAINES

Consulaires, Impériales et Byzantines

Livres rares avec figures

DONT LA VENTE AUX ENCHÈRES PUBLIQUES AURA LIEU

HOTEL DES COMMISSAIRES - PRISEURS

RUE DROUOT, N° 9, SALLE N° 4

Au premier étage

Le Mardi 5 *Juin* 1877

A deux heures très précises

EXPOSITION PUBLIQUE DE MIDI A DEUX HEURES

Me MAURICE DELESTRE, Commissaire-Priseur,

27, rue Drouot

Assisté de MM. ROLLIN et FEUARDENT, Experts, rue Louvois, 4

PARIS — 1877

CONDITIONS DE LA VENTE

Elle sera faite expressément au comptant.

Les acquéreurs paieront CINQ POUR CENT en sus des adjudications, applicables aux frais de vente.

C'est en 1870 que les premières fouilles furent faites, dans la nécropole de Tanagra, par les paysans du voisinage. Les premières figurines qu'elles mirent au jour restèrent dans le pays, et ceux qui les avaient trouvées s'en servirent parfois pour jouer au palet ou pour tirer à la cible. En 1871 seulement, il en arriva quelques unes entre les mains des collectionneurs et des marchands d'Athènes qui, d'abord, n'en firent pas grand cas. Ce n'est que lorsqu'on vit plusieurs amateurs étrangers les rechercher curieusement, lorsqu'on apprit que le Louvre en avait acquis coup sur coup deux collections, lorsque l'ambassadeur d'une grande puissance en eut exposé quelques unes dans ses salons de réception, que l'on s'avisa de la grande valeur vénale de ces figurines. En quelques mois, les prix en décuplèrent à Athènes. Une seule figurine y fut vendue 9,000 francs ! En même temps, a concurrence acharnée des marchands grecs entre eux les fit hausser, à Tanagra même, dans des proportions énormes, si bien qu'on y vit des terres cuites être payées aux fouilleurs, à la sortie du tombeau et encore couvertes de terre, jusqu'à un billet de 1,000 drachmes. Il faut se rappeler la fièvre de l'or au moment de la découverte des sables aurifères de la Californie pour s'imaginer l'émotion que causèrent, en Béotie, les bénéfices faits si rapidement par les fouilleurs. Les gens des villages de Bratzi, Skhimatari et Kokali abandonnèrent la culture de leurs champs pour la recherche de ces trésors inattendus. Dans l'espace de cinq ans, plus de huit mille tombeaux furent ouverts, et tout le terrain bouleversé jusqu'à plusieurs lieues de distance : Sur la route de Thèbes notamment, où les sépultures étaient plus pressées et plus riches, on en suivit la double ligne sur une longueur de douze kilomètres. Il y a deux ans seulement que ces travaux ont commencé à se ralentir, moins à cause des obstacles mis aux recherches par le gouvernement, que parce que, à mesure que l'on s'éloignait de Tanagra, les tombeaux devenaient plus clairsemés et les objets qu'on y trouvait étaient en général plus grossiers. Aujourd'hui les paysans sont retournés à la charrue, et les fouilleurs de profession ont quitté la place pour aller chercher de côté et d'autre, et sans grands succès jusqu'à présent, de nouveaux *placers*.

Il est impossible d'évaluer exactement le nombre des figurines découvertes dans ces fouilles : il ne doit pas être loin de trois mille, dont fort peu, malheureusement, bien conservées. A l'intérieur des tombes qui n'ont pas été pillées dans l'antiquité même ou qui n'ont pas resservi à l'époque romaine, et c'est là le plus petit nombre, on en trouve d'ordinaire de une à trois : la première à gauche de la tête du mort, les deux autres à la hauteur de ses mains. Celles-là sont en général entières, et lorsque le tombeau s'est trouvé assez hermétiquement clos pour que l'eau n'y pénétrât pas, elles ont même conservé les couleurs dont elles étaient peintes. Un beaucoup plus grand nombre, quelquefois vingt et davantage, étaient placées hors de la tombe, sur le couvercle ou tout autour ; de celles-là la pioche ne met au jour que les débris épars dans les terres, et le plus souvent si effrités qu'ils ne valent pas la peine d'être recueillis ; parfois, au contraire, ils sont assez bien conservés pour qu'on puisse les rassembler et les recoller.

Dans quelle pensée les habitants de Tanagra, par un usage dont on ne retrouve presque pas de traces ailleurs en Grèce, ont-ils ainsi rempli les tombeaux de figurines ? Que faut-il voir dans ce peuple de terre cuite ? Doit-on y reconnaître des divinités de l'Olympe et de l'Hadès, ou bien de simples mortels ? La question est encore discutée entre les archéologues, et ne semble pas près d'être résolue. Dans plusieurs articles, qui sont de véritables mémoires et mériteraient d'être réunis en volume (1), le

1 Recherches sur les figures de femmes voilées dans l'Art grec. — Nouvelles Recherches sur les terres cuites grecques. (Extrait des *Monuments grecs*

sous-conservateur des Antiques au Louvre, M. Heuzey, a défendu la première de ces deux opinions et essayé de montrer que presque toutes les figurines se rattachaient aux cycles divins de Déméter, de Dionysos et d'Aphrodite ; il l'a fait avec cette érudition solide et sobre, cet art consommé, cette lucidité et ce charme d'exposition qui distinguent tous ses travaux. M. Rayet a, dans une longue étude (2), soutenu l'opinion contraire, déjà émise avant lui par M. Otto Lüders (3). Pour M. Rayet, les figurines de Tanagra représentent bien, non pas toutes, mais presque toutes, des êtres de ce monde : c'est une société fictive que l'on donnait au mort pour lui rappeler, dans la solitude de la tombe, les personnes qu'il avait aimées, les plaisirs qu'il avait goûtés sur la terre. Jeunes femmes coquettes et pimpantes, joueuses de balle ou d'osselets, éphèbes prêts à se livrer aux exercices du gymnase, Silènes ventrus se gorgeant de vin, et, même, groupes rappelant d'une manière non équivoque certaines habitudes fort répandues dans la Grèce ancienne, tout cela perpétuait pour le mort son existence passée et l'aidait à revivre le plus agréablement possible sa première vie ; tandis que les figures voilées et tristes, qui se glissaient au milieu de cette foule en général gaie et rieuse, lui rappelaient les regrets qu'il avait laissés chez les siens et le pieux souvenir qu'ils gardaient de lui. Que si quelques divinités, et surtout Aphrodite et les Amours, sont parfois représentées dans cette population des tombes, c'est, non pas pour protéger le mort dans le monde infernal, mais pour le faire ressouvenir des plaisirs auxquels elles président.

C'est là précisément, suivant M. Rayet, ce qui fait l'intérêt de ces figurines. Elles sont le commentaire vivant des épigrammes de l'Anthologie, des scènes de la comédie et des romans grecs. Elles nous font connaître la vie de tous les jours ; elles mettent

publiés par l'Association des études grecques). — Recherches sur un groupe de Praxitèle (*Gazette des Beaux-Arts, 1875*.)

2. Les figurines de Tanagra au Musée du Louvre. (Extrait de la *Gazette des Beaux-Arts*, t. IX.)

3. Ritrovamenti di terre cotte in Tanagra. (*Bull. de l'inst. de Corr. Arch.*, 1874.)

sous nos yeux les hommes et les femmes du IVe et du IIIe siècle avant J.-C., avec les costumes qu'ils portaient, au milieu de leurs actes ordinaires et dans les attitudes qui leur étaient habituelles. Au point de vue de l'exécution, elles nous révèlent un côté, non seulement inconnu, mais tout à fait inattendu, de l'art grec, le côté intime, familier et *bon enfant.* Rapidement faites en général et peu poussées, elles n'en montrent pas moins, chez les modestes artistes qui les fabriquaient, une étourdissante fertilité d'invention, un sentiment exquis de la vie, une merveilleuse intelligence de la forme, une sûreté et une liberté de main qui n'ont jamais été égalées. Aussi méritent-elles de tous points l'admiration qu'expriment pour elles les artistes et l'ardeur avec laquelle les amateurs les plus éclairés les recherchent.

Nous ne dirons rien de la collection même qui est aujourd'hui mise en vente, et qui contient non seulement des terres cuites, mais des bijoux, des verres, des marbres. Les amateurs sauront bien discerner si elle renferme ou non des pièces d'une conservation exceptionnelle et d'une beauté remarquable. Nous voulons cependant dire un mot de quelques termes qui reviennent fréquemment dans notre Catalogue. Le costume féminin que nous montrent les figurines de Tanagra est très simple. Il se compose d'une robe longue, sans corsage et sans manches ou avec des manches très courtes, la *khitôn.* Les femmes la serrent au-dessous des seins par une étroite ceinture. Par-dessus, elles jettent une sorte d'ample châle rectangulaire, l'*himation*, dont les diverses variétés, distinguées l'une de l'autre seulement par des différences de grandeur et de finesse, portaient des noms particuliers dont le sens exact nous est mal connu. L'himation se drapait de mille manières, suivant les circonstances, la température, la mode et le caprice individuel. Quant aux coiffures, elles étaient très variées et tout à fait analogues à celles d'aujourd'hui : aussi, quoique les noms anciens de quelques unes soient connus, peut-on toujours les désigner par des termes modernes.

CATALOGUE
D'OBJETS D'ART
ANTIQUES

Marbres.

1. Tête d'Hermès, de style archaïque. Le dieu est barbu ; ses cheveux, régulièrement frisés au-dessus du front, tombent en longues tresses sur son cou et derrière ses épaules. Cette tête devait être fixée à la partie supérieure d'un cippe rectangulaire, ainsi que le montre un trou carré pratiqué sous le cou et où devait s'engager un tenon.

   Le travail est simple, franc et large. C'est un intéressant spécimen de la sculpture de la fin du VIe siècle avant J.-C.

   Athènes.

2. Tête de Dionysos Bassareus. Le dieu est barbu ; ses cheveux sont régulièrement bouclés sur le front ; le nez, cassé et recollé, appartient bien à la figure. Cette tête devait être placée à l'extrémité d'un Hermès, et supporter un objet fixé dessus au moyen d'un trou d'encastrement, peut-être une mitre ou une couronne. Beau travail de la deuxième moitié du IVe siècle.

   Athènes.

Terres cuites.

3. Éphèbe debout, appuyé sur un cippe carré. Il est revêtu de la cuirasse, de la tunique militaire, et d'une longue chlamyde agrafée sur l'épaule droite. Sa tête est couverte du pétasos omphalotos. — Le rouge de la chlamyde et le jaune de la cuirasse de bronze sont parfaitement conservés. Le chapeau s'étant détaché pendant le transport en France, on a pu s'assurer qu'il appartient bien à la figurine : fixé quand la terre était encore fraîche, les plis des cheveux s'y sont imprimés.
   Tanagra.

4. Homme assis sur un rocher, enveloppé d'une chlamyde, le coude droit appuyé sur la cuisse gauche, le menton dans la main.
   Tanagra.

5. Femme assise sur une pierre carrée. Elle est vêtue d'une khitôn blanche et drapée dans un himation rose qui laisse le bras droit à découvert. De la main gauche, elle tient une fleur bleue à huit pétales. Couleurs bien conservées.
   Tanagra.

6. Femme debout, dans l'attitude d'une marche lente et triste. Elle est vêtue d'une khitôn blanche à bordure noire et drapée dans un ample himation rose, également bordé de noir, qui forme voile sur sa tête, et dont de sa main droite elle soulève un des coins. La tête, gracieusement penchée et encadrée par le voile comme celle des vierges byzantines, a une remarquable expression de mélancolie. Si l'on adopte le système des interprétations mythologiques, on verra dans cette figurine une Déméter douloureuse (Δημήτηρ 'Αχαία). — Cette sta-

tuette est absolument intacte et les couleurs en sont parfaitement conservées.

Tanagra.

7. Pan debout, la chlamyde rejetée sur l'épaule gauche. Il tient dans la main une racine d'arbre qui lui sert de massue. La tête et le modelé de l'épaule droite et de la poitrine sont d'un beau caractère. Couleurs parfaitement conservées.

Halæ, dans la Locride Épicnémidienne.

8. Femme assise sur un rocher, drapée dans un himation qui laisse les épaules et le bras droit à découvert; elle incline la tête sur l'épaule droite; de la main gauche, elle tient son éventail, et de la droite son chapeau.

Créusis, port béotien sur le golfe de Corinthe. Suivant l'usage de la région sud-ouest de la Béotie, cette terre cuite a été brûlée sur le bûcher du mort, et a pris une teinte noire dont un lavage la débarrasserait d'ailleurs en partie.

9. Éphèbe debout, appuyé sur un cippe carré. Sa chlamyde, très ample, est drapée autour de ses hanches et laisse le torse à nu. Dans sa main droite est un livre roulé. Sur sa tête, une couronne de fleurs et de feuilles de peuplier blanc. Nombreux restes de couleurs.

Tanagra.

10. Apollon Musagète debout, vêtu d'une khitôn serrée à la taille par une ceinture et d'un ample manteau flottant derrière les épaules. Ses cheveux bouclés forment autour de sa figure comme des rayons. Ses deux mains sont étendues en avant, en signe d'acceptation des prières qu'on lui adresse. — Figurine brûlée sur le bûcher.

Béotie occidentale, très probablement Thisbé.

11. Femme debout, drapée dans un himation violet, à bordure grise.

Tanagra.

12. Jeune femme debout, vêtue d'une khitôn bleue et enveloppée d'un himation rose qu'elle relève de la main gauche.
Tanagra.

13. Femme debout, vêtue d'une khitôn à bande bleue et drapée dans un himation rose. Elle se tient sur la jambe gauche et soulève sa jambe droite pour la porter en avant. Sa main gauche rassemble et relève les coins de l'himation ; sa main droite, cachée sous la draperie, vient se croiser sur l'avant-bras gauche.
Tanagra.

14. Jeune fille debout, vêtue d'une khitôn blanche et d'un himation bleu, drapé autour des hanches et du bras gauche, de manière à laisser le torse et le bras droit à découvert.
Tanagra.

15. Éros debout, sur un socle rond. Traces de bleu sur les ailes et de rouge sur le socle.
Italie.

16. Éros debout, les jambes enveloppées d'une draperie, le torse nu, les ailes éployées.
Italie.

17. Femme debout, étroitement serrée dans son himation sous lequel ses mains restent cachées. Elle incline la tête à gauche.
Tanagra.

18. Jeune fille assise sur un rocher, vêtue simplement de la khitôn serrée par une ceinture immédiatement sous les seins. Elle tient dans la main gauche une balle rouge.
Tanagra.

19. Jeune fille marchant d'une allure rapide. Elle est drapée dans un himation rose très long qu'elle relève légèrement des deux mains, comme pour éviter d'en salir le bas. Couleurs remarquablement conservées.
Tanagra.

20. Femme assise à gauche sur un rocher. Sa main droite, qui restait cachée sous l'himation, ainsi que le prouve une autre figurine sortie du même moule, est cassée à l'extrémité.

Tanagra.

21. Tête de femme voilée, portée sur un socle rond. L'encadrement que forme autour de la figure le bord du voile, l'ombre légère qu'il projette sur le front, prêtent à la physionomie un charme tranquille et une majesté douce qui font songer aux Madones préraphaélites. Les têtes isolées sont extrêmement rares : on n'en connaît encore que quatre ou cinq exemples. Celle-ci est remarquablement belle et bien conservée ; les couleurs n'en ont presque pas souffert.

Tanagra.

22. Femme assise à gauche sur un rocher. Elle a laissé glisser sa khitôn le long de ses hanches, et rejeté par derrière son himation, de manière à laisser nus sa poitrine et son bras droit. Elle tient dans sa main droite le petit sac qui contenait les jouets, osselets, dés, balles, etc.

Tanagra.

23. Silène assis sur un rocher. Il est nu, barbu, et a des oreilles de bouc. L'abandon de la pose, la mollesse des chairs trop grasses, sont parfaitement exprimés.

Tanagra.

Nota. — La plinthe de cette figurine est fausse.

24. Petite fille debout, vêtue d'une khitôn bleue et d'un himation rose, les cheveux relevés en torsade sur le sommet de la tête.

Tanagra.

25. Jeune femme marchant, et relevant de la main gauche l'extrémité de son himation.

26. Femme debout, vêtue d'une khitôn blanche ornée par devant d'une large bande bleue, et drapée dans un himation rose, d'étoffe très fine, qu'elle ramène de la main gauche de manière à le faire coller exactement contre le corps ; la main droite est posée sur la hanche; les cheveux sont maintenus par un bandeau. Couleurs bien conservées.

Tanagra.

27. Femme debout, tournant vivement la tête à gauche.

28. Petite fille marchant. Elle est drapée dans un himation bleu, et de sa main gauche elle lève à la hauteur de sa tête son éventail, derrière lequel elle sourit malicieusement. Nombreux restes de couleurs.

Tanagra.

29. Femme debout, le poing droit sur la hanche ; la main gauche, étendue en avant, tient une balle rouge. La khitôn est blanche avec une bande bleue par devant ; l'himation, très ample, est rose avec une bordure brune. Ces couleurs sont très vives. L'attitude est pleine de grâce et de dignité ; les formes du corps se dessinent nettement sous la draperie.

Tanagra.

30. Femme assise sur un rocher. La khitôn et l'himation sont blancs.

Tanagra.

31. Femme debout, la main droite appuyée sur un cippe rond, la main gauche relevée et tenant une pomme.

Tanagra.

32. Femme debout, vêtue d'une khitôn rose et d'un himation bleu, et les cheveux relevés en torsade sur le sommet de la tête.

Tanagra.

33. Femme debout, l'himation posé sur la tête, de manière à former voile.

Ile de Chypre ?

34. Femme debout, appuyée sur un cippe rectangulaire, et tenant de la main gauche son éventail. Elle a rejeté son himation derrière sa taille et sur ses deux bras, et le tient comme une écharpe. Traces nombreuses de coloration.

Tanagra.

35. Femme assise sur un rocher, et tournant la tête du côté gauche. Elle est vêtue d'une khitôn blanche attachée sur les épaules par deux agrafes, et a son himation bleu enroulé autour du bras gauche. Le bras droit est nu.

Tanagra.

36. Femme debout, portant sur la jambe gauche, la jambe droite infléchie et le pied droit posé sur une pierre. Elle est vêtue d'une khitôn bleue et d'un himation rose, étroitement serré autour du corps. Ses cheveux sont enfermés dans un bonnet ou *cystis*. Sa main droite est appuyée sur la hanche; sa main gauche tient un éventail. Nombreux restes de couleurs.

Tanagra.

37. Femme assise à droite sur un rocher. Elle a laissé glisser son himation sur ses jambes; le bras droit est nu; les cheveux sont maintenus par un diadème.

Tanagra.

38. Groupe obscène. — Un groupe semblable, trouvé dans les fouilles de Kertch, appartient au Musée de l'Hermitage et a été publié dans les comptes-rendus de la Commission impériale archéologique de Saint-Pétersbourg. Couleurs bien conservées.

Tanagra.

39. Petite fille debout, rassemblant et relevant de la main gauche l'extrémité de son himation.

Athènes.

40. Petite fille debout.

Athènes.

40 *bis*. Divinité féminine debout (Héra?), la tête mitrée, et relevant sa main droite ouverte en signe d'acceptation des prières qu'on lui adresse.
Iles de la côte d'Asie (Nisyros ?).

41. Grand masque comique (tête jeune souriante), ayant sans doute servi de jouet d'enfant. Les yeux sont percés, et des deux côtés des joues deux petits trous servaient à passer les ficelles qui attachaient le masque sur la figure de celui qui le portait. Couleurs remarquablement conservées.
Halæ, dans la Locride Épicnémidienne.

42. Petit masque comique décoratif (tête de satyre barbu et grimaçant). Couleurs parfaitement conservées.
Tanagra.

43. Deux masques comiques.
Tanagra.

44. Athéné debout, vêtue du péplos dorien et de l'égide, et ramenant la main droite sur sa poitrine. Des statuettes de ce genre se trouvent souvent à Athènes.
Athènes.

45. Déesse sémitique Anata (Aphrodite paphienne), debout, voilée, les chevilles ornées de périscélides et le cou d'un collier. Elle porte les mains à ses deux seins en signe de fécondité.
Ile de Chypre.

46. Aphrodite phénicienne, en forme de planche ou xoanon. Elle a sur la tête la mitre; ses deux bras sont indiqués par deux sortes de moignons. — M. Fr. Lenormant, dans son mémoire sur la *Légende de Cadmus* et dans un article de la *Gazette archéologique*, a parfaitement montré que les figurines de ce genre se rattachaient à la colonisation de la Béotie par les colons sidoniens, au XIVe siècle avant J.-C. Il est intéressant de rapprocher ce spécimen des produits primitifs de la Céramique béotienne des chefs-d'œuvre de

goût et d'élégance qui sont sortis, au IVe siècle, des mêmes fabriques.

Tanagra.

47. Buste estampé de Déméter, diadémée, voilée, et portant ses deux mains à ses seins. — Ces bustes ont été parfaitement étudiés par M. Heuzey, dans les *Monuments grecs* publiés par l'Association des Etudes grecques, 2e fascicule.

Tanagra.

48. Tête grotesque d'homme couronné.

Asie Mineure.

49. Tête de femme, les cheveux formant chignon sur le cou.

Asie Mineure.

50. Tête de femme, les cheveux frisés et entremêlés de feuillage.

Asie Mineure.

51. Antéfixe archaïque, ornée d'une tête de femme à longues tresses de cheveux pendant sur les épaules.

Capoue.

52. Plaque de frise en terre cuite (Thésée tuant le brigand Sinis renversé à terre.)

Italie.

53. Quatre terres cuites, d'industrie grossière, dont trois provenant de l'Attique et une de Chypre.

Vases.

54. Cylix à figures noires. Intérieur : un cavalier; extérieur : guerriers nus combattant.

Thespies.

2

55. Cylix à figures noires. Intérieur : Satyre courant à droite, une torche allumée à la main ; extérieur : personnages, les uns assis et jouant de la lyre, les autres debout, divisés en plusieurs groupes par des colonnes doriques.

Thespies.

56. Cylix à figures noires. Intérieur : Satyre dansant ; extérieur : palmettes.

Thespies.

57. Prochoïdion noir, de forme très élégante, avec une embouchure trilobée, et une anse très haute. Sur le haut de la panse, petites palmettes renversées, imprimées en creux.

Thespies.

58. Lécythos blanc. Scène d'offrandes funéraires. Une stèle ornée de bandelettes rouges et noires ; à droite, homme debout, drapé dans un manteau rouge ; à gauche, femme vêtue d'une khitôn blanche et d'un himation rouge, et s'approchant de la stèle pour y attacher une bandelette qu'elle tient à la main. — Les vases de cette espèce sont exclusivement particuliers à l'Attique : ils sont fort rares, et la peinture à l'eau qui les décore est rarement aussi bien conservée.

Athènes.

59. Vase sans peintures, en forme d'amande.

Tanagra.

60. Pyxis en marbre-onyx, de forme très originale et très élégante, portée sur un pied élevé.

Pirée.

61. Pyxis de terre blanche, sans peintures et de forme cylindrique. Le bouton du couvercle est formé par un masque comique.

Ile de Crète.

62. Pyxis cylindrique de terre noire. Le couvercle est orné de

dessins géométriques au trait, et le bouton en est formé par un masque couronné de feuillage.

63. Coupe ronde, sans pied et sans anses, décorée de dessins en saillie estampés au moule; dessous, un masque grimaçant; autour, deux registres d'hippocampes séparés par des fleurs et des feuilles.
Mégare.

64. Grande et belle cylix à figures noires rehaussées de couleurs d'engobe. A l'extérieur, deux scènes de combat répétées symétriquement; dans chacune, au centre, un guerrier sur un char à quatre chevaux, dont trois noirs et un blanc; des deux côtés, deux groupes de guerriers à pied combattant corps à corps; aux deux extrémités de la scène, à la naissance des anses, deux sphinx accroupis.
Tanagra.

65. Œnochoé à long cou et sans pied, de terre blanche, ornée de dessins géométriques grossièrement faits.
Ile de Chypre.

66. Petite Œnochoé à figures noires. Sur la panse, une Sirène à tête de femme et à corps d'oiseau.
Thespies.

67. Jouet d'enfant, en forme de pomme dans l'intérieur de laquelle est une petite boule qui fait du bruit.

68. Scyphos de style phénicien et de fabrication très grossière. D'un côté, cinq femmes debout tenant des couronnes; de l'autre, deux tigres.
Corinthe.

Verres.

69. Œnochoé à côtes comprimées, entourée d'un collier ondulé en applique, et munie d'une embouchure trilobée.
Italie (?).

70. Coupe profonde, à côtes en spirale.
Grèce.

71. Petite Coupe, à côtes en spirale.
Grèce.

72. Flacon à quatre côtes comprimées.
Grèce.

73. Coupe évasée, à deux petites anses.
Grèce.

74. Gobelet rond, en verre vert pâle.
Grèce.

75. Gobelet à parois très épaisses, d'un vert bleuâtre.
Grèce.

76. Gobelet à quatre côtes comprimées.
Grèce.

77. Petite Bouteille, à panse ronde et à cou très bas muni de deux anses. — Irisations.
Grèce.

78. Bouteille à panse déprimée. — Irisations.
Grèce.

79. Bouteille en forme de poire, munie de deux anses.
Grèce.

80. Petit Alabastron blanc, à stries horizontales et en zig-zag de pâte violacée.
Grèce. — Béotie (?).

81. Petit Alabastron blanc, à stries horizontales de pâte brune.
Grèce. — Béotie (?).

82. Petite Aryballe, à panse ronde et sans base. Couleur bleu foncé, ornements en pâtes jaune et bleu clair.
Grèce. — Béotie (?).

83. Petite Aryballe, à panse ronde en pâte bleu foncé et avec ornements en pâtes jaune et bleu clair.
Béotie.

84. Petit Amphorisque en pâte bleue, et avec ornements en pâtes blanche et jaune.
Béotie.

85. Petit Amphorisque en pâte bleu foncé, avec ornements en pâtes jaune et bleu clair.
Corinthe.

86. Petit Amphorisque en pâte bleue, avec ornements en pâtes jaune et blanche.
Athènes.

87. Petit Amphorisque en pâte bleu foncé, avec ornements en pâtes jaune et bleu clair.
Corinthe.

88. Pot cylindrique, vert pâle, muni de son couvercle.
Crète.

89. Pyxis de forme déprimée, et munie d'un couvercle.
Crète.

90. Petite Bouteille à long cou, en verre bleu jaspé.
Mégare.

91. Petite Bouteille en verre bleu.
Laconie.

92. Petite Bouteille, vert pâle.
Athènes.

93. Ampulle brune, en forme de datte sèche.
Athènes.

94. Ampulle à quatre côtes comprimées et à long col. — Irisations.
Ile de Cythnos (Cyclades).

95. Petite Ampulle en verre jaune.
Sicyone.

96. Petite Bouteille en verre blanc, avec deux anses en pâte opaque blanche (dont une cassée).
Béotie.

97. Ampulle en verre jaune, à panse ovoïde.
Macédoine.

98. Ampulle en verre bleu, à panse ovoïde.
Ile de Mélos.

99. Ampulle à deux côtes comprimées. — Irisations.
Thisbé (Béotie).

100. Ampulle à long col, avec la lettre C sur la panse.
Béotie.

101. Petite Ampulle irisée.
Péloponèse.

102. Collier de perles de verre de diverses couleurs, et deux grosses perles jaunes mouchetées de bleu et de blanc, soudées ensemble.
Béotie.

Bijoux.

103. Petit Bracelet d'or (Hélix), en forme de serpent, ayant orné le haut du bras d'une statuette en marbre ou en terre cuite.
Crète.

104. Paire de Boucles d'oreilles en or, décorées de têtes de lions.
Grèce.

105. Boucle d'oreille en or. Rosace surmontée d'une palmette à laquelle est suspendue une amphore de forme élégante.
Athènes.

106. Bouton et Collier d'or trouvés dans le même tombeau. Le bouton porte au centre une tête jeune de face, entourée d'une sorte de couronne radiée en granulé. Autour, un cercle d'oves, dont la coque est remplie d'émail vert. Le collier se compose de quatorze pièces formées chacune d'une campanule entourée d'enroulements élégants, et de quatre pendeloques décorées de ravissantes têtes de Silènes. Dans ces pendeloques et les attaches en forme de nœuds de de corde qui les retiennent, on remarque le même emploi de l'émail que dans le bouton. — Beau travail grec de la fin du IVe siècle avant J.-C.
Érétrie en Eubée.

107. Bande d'or pâle percée à ses extrémités de deux trous qui servaient à la fixer sur le front d'un mort. L'ornementation est faite au repoussé et se compose d'une ligne droite flanquée de chaque côté d'une ligne en zig-zag et d'une

autre en pointillé. Cette bande provient du même tombeau athénien que les vases publiés par M. Hirschfeld dans le tome IX des *Monuments de l'Institut archéologique de Rome*. Or, ainsi que l'ont démontré MM. Conze et Hirschfeld, les objets trouvés dans cette sépulture sont antérieurs à la colonisation phénicienne qui eut lieu au XIVe siècle avant J.-C.; ils sont les restes les plus anciens de l'industrie grecque primitive et ne se distinguent en rien, par le travail, des vases et des objets d'or trouvés depuis peu à Mycènes par M. Schliemann, dans le tombeau des Atrides.

Athènes, près de la porte Hériée.

108. Fragments de fresque et de mosaïque, provenant des des fouilles de Pompéi et d'Autu.

Objets d'art modernes

109. Buste de femme. Terre cuite de Lévesque.

110. Autre buste de femme du même artiste.

111. Très belle Coupe de forme carrée, en rouge antique sur un pied, ornements très fins, avec quatre cygnes aux quatre angles. Hauteur : 35 cent., longueur : 24 cent.

112. Buste en terre cuite de Pajou, sculpteur, par son ami Houdon. Pièce très intéressante, à cause du personnage et de l'artiste. Haut. 34 cent.

113. Une jolie Bonbonnière en ivoire, avec un amour auprès d'un autel allumé.

114. Tabatière en racine de buis, avec une mosaïque.

115. Petit bronze, jeune enfant sur un globe. Dessus de pendule du XVIIIe siècle. Hauteur : 8 cent.

MÉDAILLES ANTIQUES

116. Lot de 27 médailles grecques, etc. BIL. et Æ
117. As. Semis. Triens et quadrans. 5 pièces. — Æ
118. Famille Hirtia A HIR. IVS. PR. OR
119. Famille Pedania. Sestia Eppia, etc., 3 pièces rares. — AR
120. Lot de 50 monnaies consulaires, toutes variées. AR
121. Lot de 50 — — — AR
122. Lot de 50 — — — AR
123. Lot de 50 — — — AR
124. Lot de 50 — — — AR
125. Lot de 68 — — — AR
126. **Pompée**, type ordinaire. AR
127. **M. Antoine et Octavie.** Tête d'Octavie sur le cippe. AR (médaillon.)
128. **M. Antoine et Lucius Antoine.** AR
129. **Lepide et Octave.** AR
130. **Jules César et Octave,** famille sanquinia. AR (fourr.)
131. **Auguste,** 3 pièces rares. AR
132. **Antonia,** superbe pièce sans patine, trouvée au pont de Rennes. MB
133. **Domitien.** — IOVI VICTORI. — Jupiter assis, également sans patine, même trouvaille. Belle pièce. — GB
134. **Julia Titi.** — VESTA. — Vesta assise. MB
135. **Lucius, Vérus.** — TR POT COS II. S. C. — Les deux empereurs assis sur une estrade. GB
136. **Pertinax.** — PROVID DEOR COS II. — La Providence debout. RA

137. **Manlia Scautilla**. — IVNO REGINA. — Junon debout. GB

138. **Pescennius Niger**. — BONI EVENTVS. — La Foi debout. AR (fruste.)

139. **Diadumenien**. — SPES PVBLICA. — l'Espérance debout. AR

140. **Aquilia Severa**. — CONCORDIA. — La Concorde debout. AR

141. **Pauline**. — CONSECRATIO. — Paon enlevant l'Impératrice. GB

142. **Gordien d'Afrique fils**. Mars debout, revers fruste. GB

143. **Tranquilline**, frappée à Samos. GB

144. **Æmilien, Macrien, Quietus**. 3 pièces. — BIL

145. **Laelien**. — VICTORIA AVG. — Victoire à droite. PB

146. **Marius**. 3 revers variés. — PB

147. **Tetricus fils**. — C. ES. TETRICVS CAES. — Buste nu du jeune prince, à gauche. N. PRINC IVVENTVT. — Le prince debout, à gauche, tenant une enseigne et la haste. — Belle pièce, unique et inédite. PB

148. **Carausius, allectus, Romulus**. 3 pièces. — PB

149. **Hannfballien, Vetranio**. 2 pièces. — MB et PB

150. **Magnus Maximus, Jean Tyran**. 2 p. — AR et PB

151. **Honorius**. — VICTORIA AVGGG. — L'Empereur debout. OR

152. **Constantin III**. Même type. (Rognée.) OR

153. **Valentinien III, Sèvère Ill**. 2 pièces. OR (triens.)

154. **Eudoxie Anthémius**. 2 pièces. OR (triens.)

155. **Basiliscus**. — VICTORIA AVGGG. — Victoire debout. OR

156. **Majorien, Léon. Zénon**. 3 pièces. — OR (triens.)

157. **Zénon**. — INVICTA ROMA. — Victoire à droite. Rare. MB

158. **Anastase.** — VICTORIA. OR (triens.)

159. **Héraclius, Constant II.** 3 pièces. — OR

160. **Justinien II.** — VICTORIA. — Croix. OR

161. **Théophile, Théophile Michel et Constantin.** 2 pièces. — OR

162. **Romain et Christophore.** 2 pièces. — OR

163. **Basile II et Constantin XI.** 2 pièces. — OR

164. Même pièce. AR

165. **Romain III.** 2 pièces. — OR

166. **Romain IV, Eudoxie, Michel et Constantin.** OR

167. **Constantin XII, Constantin XIII.** 2 pièces. OR

168. **Jean II**, Comnène. OR

169. **Andronic II et Michel IX.** OR

170. Lot de 50 monnaies impériales, variées. AR

171. Lot de 50 — — AR

172. Lot de 76 — — AR

173. Lot de 50 — — BILLON

174. Lot de 50 — — Id.

175. Lot de 37 — — Id.

176. Lot de 120 monnaies romaines, toutes variées. GB

177. Lot de 110 — — GB

178. Lot de 200 — — MB

179. Lot de 180 pièces. MB

180. Lot de 340 médailles, toutes variées. PB

181. Lot de 97 monnaies byzantines. GB MB et PB

182. Plusieurs lots de monnaies et médailles. AR et Æ

183. Deux boîtes remplies d'empreintes en soufre de grandes médailles modernes, etc.

184. Un médailler ordinaire en chêne, avez 26 tiroirs garnis de leurs cartons.

Livres rares à figures, etc.

185. **Morris**. Cy est le Romât de la roze. Galliot du Pré, 1526. — Petit in-fol. goth, à 2 colonnes, reliure ordinaire.

186. Id. Tome III du même ouvrage. Edition de Langlet Dufresnoy, Paris, 1735. — 1 vol. in-12.

187. **P. le Roy**, etc. Satyre Ménippée. Edition enrichie de figures en taille-douce. Ratisbonne, 1711.—3 vol. petit in-8° rel.

188. Les bigarrures du Seigneur des Accords. Rouen 1640. — 1 vol. in-12. Manquent le titre et la fin du volume.

189. **La Fontaine**. Contes et nouvelles. Londres. — 2 vol. in-12, très belles figures, reliure tranche dorée, très rare.

190. **Meursius**. Elegantiae latini sermonis. Lugd. Batavorum, ex typis elzevirianis, 1774. — 2 vol. in-18, fig. reliure tranche dorée, rare.

191. Officium Beatæ Mariæ Virginis, etc. Autverpiæ ex officina Plantiniana, 1618. — 1 vol. in-8°, belles figures, rare.

192. **F. de Saulcy**. Monnaies byzantines, les planches seules. — 1 vol. in-4°.

Paris. — Alcan-Lévy, imprimeur breveté, 61, rue de Lafayette.

www.ingramcontent.com/pod-product-compliance
Ingram Content Group UK Ltd.
Pitfield, Milton Keynes, MK11 3LW, UK
UKHW020516180726
13839UKWH00005B/2129

9 782329 546063